Die alt verschlagen kuplerin mit dem thumbherrn

Hans Sachs

Ein wercklich faßnachtspiel mit 5 personen

Die personen in das spiel.

Burckhardus, thumbherr zu W.

Kilian, der jung mann.

Ursula, die jung fraw, sein weib.

Margreth, die haußmeyd.

Felitz, die alt bucklet kuplerin.

Anno salutis 1553, am 27 tag Octobris.

DIE ALT KUPLERIN *tritt ein, redet mit ihr selbst und spricht.*

Ach, was sol ich nun fahen an?

Mein geltlich ich verzehret han

Mit schwerer kranckheit lange jar,

Welches gelt ich einsammlen war

Mit bulerey in meiner jugendt,

Da mir denn hauffenweiß zu-trugent

Edel, unedel, layen und pfaffen.

Nun bin ich heßlich, ungeschaffen,

Zum buln mein niemand mehr begert,

Bin auch verachtet und unwert

Und thu mich doch deß betels schemen,

Daß ich solt das almusen nemen,

Mag auch nit spinnen an eim rocken,

Mag auch bey keinem crancken knocken,

Auch nit den kindern zopffn und lausen.

Sol ich mich denn nehren mit mausen,

So hab ich sorg der meinen ohrn;

Mir ist die statt vor versagt worn

Von wegen meiner bösen stück;

Ich denck gleich hinter mich zu-rück.

Wil mich nun gleich mit kuppeln nehrn,

Dieselben kunst darff ich nicht lehrn,

Bin gschwind durch mein arglistig renck,

Darmit verdien ich danck und schenck,

Dieweyl gantz abwegs steht mein hauß,

Ist recht gut darzu uberauß,

Daß ich drinn zsamb kuppel ein paar,

Daß sein sonst niemand wird gewar.

Was steh ich? Ich wil nein in thumb,

Nach eim thumbherren sehen umb,

Mein handel kecklich fahen an,

Dieweyl ich sonst nichts hab zu than.

Kuplerin geht ab.

EIN THUMBHERR *kombt mit seim betbuch, geht hin und wider spatzieren und spricht.*

Ich wil da meine horas beten

Und allmitt hin und wider tretten

Und wil als-bald im thumb umbschawen

Nach den zarten und schönen frawen,

Ob ich der eine uberkömb,

Die mich zu eim bulen annömb.

Da wolt kein unkost ich an-sparn.

Als denn so wolt ich lassen fahrn

Daheimen mein alte schaf-schelln,

Die nichts kan denn gronen und pelln,

Wil schir mein gantzen hof regieren:

Was ich ir kauff und thu hofieren,

Wil sie mir gar zu herrisch sein,

Würd mich endtlichen gar thun ein.

Darumb muß ich sie nach gepür

Für den ars schlagen mit der thür,

Ein blasn anhenckn, wie man thut sagen,

Und darmit auß zum teuffel jagen.

KUPLERIN *kombt, redt mit ir selbst und spricht.*

Dort ich ein jungen thumbherrn sich,

Den wil geleich ansprechen ich,

Der wird mich ie ins maul nit schlagen,

Wil im von einr schön frawen sagen,

Die ich im zu kupplen verheiß,

6/23

Wiewol ich noch selbst keine weiß.

Villeicht bring ich durch solche renck

Von dem thumbherrn ein gute schenck,

Daß ich ein weyl mich hab zu speissen.

Ich wil im gehn den possen reissen.

Sie tritt zu im, redt in an und spricht:

Wirdiger herr, ich komb zu euch,

Ich bitt euch, habt ob mir kein scheuch.

Wie hab ich euch so kaum erwart,

Hab heut auch lang auff euch geharrt,

Bezeuget not bringt mich daher.

THUMBHERR *spricht.*

Sag, alte, was ist dein beger?

KUPLERIN *spricht.*

Wirdiger herr, ich komb auff trawen

Her von einer jungen schönn frawen,

Der ist entzündt im leib ir hertz

Mit solchem sehniglichem schmertz

Gen euch, ligt wie auff fewring rost,

Wo ihr ihr nicht zu-sendt ein trost,

Darum sie ewer liebe spür,

Ihr junges leben sie verlür.

Derhalb, mein herr, thut euch erbarmen

Der schönen liebhabenden armen

Und last sie nit so ellend sterben,

Sonder ewr gunst und lieb erwerben,

Weyl sie zu euch sucht solche trew.

7/23

THUMBHERR *spricht.*

> Sag du mir her ohn alle schew,
>
> Wer ist die fraw? thu ichs auch kennen?

KUPLERIN *spricht.*

> O lieber herr, ich thus nicht nennen;
>
> Wie hat sie es so kaum thun wagen,
>
> Ir heimlich lieb euch lassn ansagen,
>
> Sie ist zu ehrbar von geschlecht.
>
> Allein sagt ewer meynung recht,
>
> Ob solch ir lieb euch sey angnemb,
>
> Denn wil ich dienstlich seyn in dem,
>
> Daß ich euch zsamb bring in mein hauß,
>
> Daß ir beyde wol uberauß
>
> Denn möget ewer kundtschafft machen,
>
> Wie euch gelust in allen sachen.

Er greifft in sein taschen, gibt ihr geldt and spricht.

> Seh hin, hab dir da ein verehrung
>
> Zu lohn, ein gute abendtzehrung,
>
> Und komb den sachen nach auch sunst!
>
> Sag ir zu mein trew, lieb und gunst,
>
> So unerkandt! was sie begert,
>
> Sol sie alls von mir seyn gewert.
>
> Und ich frew mich von hertzen-grund,
>
> Kan auch erwarten kaum der stund,
>
> Daß ich zu der geliebten kumb.
>
> Und du sag mir auch widerumb,
>
> Wie, wo und wenn das mög geschehen.
>
> Im thumb wirst du mich allmal sehen

Nach essens in disen refiern

Oder im creutzgang umb-spatziern.

Hab fleiß! du solsts umbsonst nit than.

DIE ALT KUPPLERIN *spricht.*

Ach, sol ich kein warzeichen han,

Daß ich ihr möge zeygen diß,

Daß sie sey ewer lieb gewiß,

Nach der sie so hitzig sey ringen?

DER THUMBHERR *zeucht ein ringlein vom hertzfinger und spricht.*

So thu ihr dises ringlein bringen,

Daß sie meinr lieb im besten denck;

Ihr sol werden wol ander schenck,

Wo anderst uns das gütig glück

Zusammen hilfft und helt uns rück,

In solcher lieb uns zuermeyen.

DIE KUPPLERIN *spricht.*

O, wie hoch werd ich sie erfrewen!

Erst wird sie erquickt von dem todt

Und gehaben auß ihrer not.

Die alt kupplerin geht ab.

DER JUNG THUMBHERR *spricht.*

Das ist ein unverhofftes glück,

Das mir selb waltzet auff den rück.

Wer mag nur die zart fraw gesein,

Die so brünstig begeret mein?

Ich hoff doch, ich wölls sehen bald

Die außerwehlt und wol-gestalt,

Der ich doch gar nit kan vergessen.

Ich wil zu hauß zu dem früessen.

DIE ALT KUPPLERIN *kombt und spricht.*

Die ersten schantz die thett ich treffen,

Thett den narren närren und äffen:

Ich thett ein bulschafft im antragen

Und weiß ie von keiner zu sagen,

Hab gar kein befelch von einr frawen,

Wil gehn am marckt, nach einer schawen,

Ob ich den reyen möcht machen gantz,

Villeicht geredt mir noch ein schantz.

Die alt kuplerin geht ab.

DIE JUNG FRAW *geht ein mit irer meyd und spricht.*

Komb, wir wölln unter die brodtisch,

Darnach wöll wir auch kauffen fisch.

Im hauß han wir, gott lob, vor schmaltz,

Allerley zugmüß, würtz und saltz.

DIE MEYD *spricht.*

Fraw, ein ofenrhor dörfft ich wol,

Wenn ich das fewr auff-blasen sol.

So hab ich auch kein schwefel mehr,

Auch gehn uns ab die häfen sehr,

Sie sind fast schartet und zerbrochen,

Kan kaum erreichen die nechst wochen.

DIE JUNGE FRAW *spricht.*

> Da hast zwen schilling, kauff darumb,
>
> Was du bedarffst in einer sumb
>
> In die kuchen und in das hauß!
>
> Und was du gibst darüber auß,
>
> Das wil ich dir wider zu-stelln.
>
> Nun wir uns heymhin fürdern wölln.

DIE ALT KUPPLERIN *geht ein, sicht der frawen nach und spricht.*

> Dort geht ein fraw, die, düncket mich,
>
> Sey geschmückt auff den finckenstrich
>
> Mit grosser pleiden, scharpffem gbendt,
>
> Hat etlich corelln an der hendt,
>
> Mantl und schaubn ir alls rebisch staht,
>
> Weiß stiffel, pantöffelein glat.
>
> Mit dem gsicht hin und wider wechelt,
>
> Mit ir meyd stets fispert und lechelt.
>
> Mich dünckt, sie sey deß rechten flugs,
>
> Sie wird geleich seyn meines fugs,
>
> Ich wil sie kecklich reden an.

DIE ALT KUPPLERIN *tritt hinzu und spricht.*

> Hört, junge fraw, an euch ich han
>
> Ein heymliche bottschafft zu werben:
>
> Ein jung mann thut in lieb verderben,
>
> Dem ir sein hertz gar habt besessen,
>
> Mag weder schlaffn, trincken noch essen.
>
> Zu eim warzeichen solcher ding
>
> Schickt er euch disen güldin ring,
>
> Den solt ir von seint-wegen tragen

Und ewer freundschafft im zu-sagen,
Darmit end nemb sein schwere peyn.

DIE JUNG FRAW *schawt den ring und spricht.*

Wer mag nur diser jung mann seyn,
Der mich zu lieb hat außerwehlt
Und mir nach meinen ehren stellt?
Wer ist er? ist er mir bekandt?

DIE ALT KUPPLERIN *spricht.*

Von mir bleibt er euch ungenandt,
Dieweyl er einer ist vom adel.
O fraw, an im hat er kein tadel.
Ist schön und gerad aller ding,
Er ist reich, wigt sein gelt gering,
Ir mögt sein überflüssig gniesen.
Ir dörfft ewr ehr drumb nit verliesen,
Dieweyl ich hab abwegs mein hauß,
Darinn ir heymlich ein und auß
Beyde mögt gehn, bey tag und nacht.

DIE JUNGE FRAW *spricht.*

Ich bin der ding noch unbedacht,
Die sach ist eben groß und schwer
Und ist zu wagen mit gefehr.
Ich wil mich heint darob besinnen.

DIE KUPPLERIN *spricht.*

Ach, west ir, wie streng er thut brinnen,
Ir würd in kein stund mehr auff-halten.

DIE MEYD *spricht.*

> Ach, fraw, wagts und last es glück walten!
>
> Thut ewer leybe gen ihm neygen,
>
> Wil euch das wol helffen verschweygen,
>
> Es tregt euch gut ketten und schauben.

IHR FRAW *spricht.*

> Nun, ich wils gleich wagen auff glauben,
>
> Bin weder die erst noch die letzt,
>
> Auff daß er in lieb werd ergetzt.
>
> Sag, wenn sol ich kommen zu dir?

KUPPLERIN *spricht.*

> Mein fraw, kombt ietzunder mit mir
>
> Und wart ein kleins in meinem hauß!
>
> Ich wil stracks nach im lauffen auß.
>
> Bitt doch, ir wölt der armut mein
>
> Euch auch lassen befolhen sein.

DIE JUNG FRAW *geyt ihr ein thaler und spricht.*

> Hab dir den thaler zu einer schenck!
>
> Doch vor allen dingen gedenck,
>
> Daß solchs alls bleib heymlich und still.

KUPLERIN *spricht.*

> Mein liebe fraw, ich kan und will
>
> Solchs alles halten wol verborgen.
>
> Kombt sicher her, und last mich sorgen!

Sie gehn alle drey ab.

THUMBHERR *kombt, redt mit ihm selbst und spricht.*

Ich hab das morgenmahl eingnommen,

Bin wider her in den thumb kommen

Und wil da auff dem platze schawen,

Ob mir von der zart schönen frawen

Die alte brecht etwann gute mehr.

Dort kombt sie eben gleich daher.

DIE ALT KUPLERIN *kombt und spricht.*

Wirdiger herr, bald kommet ir!

Die fraw wart ewr im hauß bey mir.

Macht ewer lieb ein anefang!

Kombt bald, sie kan nit warten lang.

THUMBHERR *spricht.*

Ach, es kan warlich ietzt nicht sein;

Der bischoff hat geschickt herein,

Muß zu im auff den berg ins schloß,

Man sattelt mir ietzt gleich das roß,

Muß eylent nauff, weiß nit warumb,

Weiß nicht, wann ich heint wider-kumb.

Der frawen meinen gruß ansag!

Wil kommen auff ein andern tag,

Wann sie zu dir kombt in dein hauß.

KUPLERIN *spricht.*

O, sie kan selten kommen auß;

Sie ist verwart mit strenger hut.

Wer weiß, wenns ir mehr wird so gut.

THUMBHERR *spricht.*

Ach, du waltzent unstetes glück,

Was unglücks tregst du auff dem rück!

Du schinnst, bist mir doch bald erblichen,

Mit deiner süssigkeit gewichen.

Nun muß ich wegfertig darvon,

Und leg mir noch so vil daron.

Thumbherr geht ab.

KUPLERIN *spricht.*

Potz leber hünr, wo muß ich nauß?

Die fraw wart daheim in meim hauß,

Und wo ich kein mann zu ir bring,

Wird ich ubel bstehn aller-ding.

Ich wil nach eim andern umbschawen,

Denselben bring ich zu der frawen,

Auff daß mit ehren ich besteh

Und mein handel von statten geh.

Kuplerin geht ab. Der jungen frawen ehmann geht ein, redt mit ihm selbst und spricht.

Mein fraw die ist heut gen marck gangen

Mit irer meyd, und thun umbprangen.

Nun hat die uhr schon neun geschlagen.

Wo thun sien tag im korb umbtragen?

Ich meyn, sie hab der teuffel hin.

Biß-her ich noch ungessen bin,

Und ist noch kein funck fewrs im hauß,

Bin gleich vor zorn gelauffen auß;

Ich wil ir den Peter Puff singen,
Thu ich sie heym zu hause bringen.

DIE ALT KUPLERIN *kombt, ersicht in, und redt mit ihr selbst und spricht.*

Dort geht ein mann, artlich gebutzt,
Der stets hin und herwider gutzt,
Samb er nach schönen frawen sech.
Ich wiln anredn mit worten spech,
Ob ich den in die kluppen brecht,
So stünd der handel wol und recht.

DIE ALT KUPLERIN *tritt hinzu und spricht.*

Ach, junger mann, nun grüß euch gott!
Last mich euch sein ein guter bott
Von einer adelichen frawen,
Die zu euch hat ein groß vertrawen,
In hertzlicher lieb ist verwund,
Trawt auch nit zu werden gesund,
Es wer denn, daß ir zu ihr kömbt
Und euch in liebe ihr annömbt;
Darumb wolt sie zu eygen geben
Euch iren leib, ehr, gut und leben.

DER JUNG MANN *spricht.*

Wer ist die fraw, die mich lieb hat?

KUPLERIN *spricht.*

Sie ist die schönst der gantzen statt,
Ob ir sie kennt, das weiß ich nit.
Geht bald mit mir, das ist mein bitt,
Es kan und mag euch nicht gerhewen.

DER MANN *spricht.*

Wenn sie mein zukunfft thut erfrewen,

Sie heben kan auß solcher peyn,

Wil ich nit so unfreundlich seyn.

Mein weib meinr lieb nit sehr hoch acht,

Helt mich ohn schuld offt im verdacht,

Ob ich irs gleich einmal mach war.

Ey, da schlag zu ein gutes jar!

Sie gehn mit einander ab.

DIE JUNGE FRAW *geht ein mit der meyd und spricht.*

Mein liebe Margreth, schaw doch nauß,

Wenn die alt wider kombt zu hauß

Mit dem schön jung und reichen mann.

Wir sollen warlich nun heim gahn;

Wir haben noch nichts in der kuchen,

Unser herr wird fluchen und puchen,

Es hat ie schon zehne geschlagen.

DIE MEYD *spricht.*

Ey, flucht er, so thut zu im sagen,

Ir seyt in der thumbkirchen gwesen,

Habt hören singen unde lesen,

Er komb auch offt langsam zu hauß.

Wir wöllen uns wol reden auß.

Doch wil ich nach der alten frawen

Einsmals nauß auff die gassen schawen.

DIE MEYD *geht und schawet zum fenster auß, kombt gäch wider und spricht.*

Botz Velta hört, ich sih von ferrn

Mit der alten gehn unsern herrn,

Thun beyde stracks dem hauß zu gehn.

DIE FRAW *spricht.*

Botz hirn-angst, wie sol ich bestehn?

Die alt verrhäters-bößwichtin

Hat meinem mann auff iren gwin

Umb gelt das mord zu wegen bracht.

Ey, ich solts vor wol habn bedacht,

Nicht vertrawt dem verwegen weib!

Verlorn hab ich ehr, gut und leib,

Ich kan entrinnen nicht der not,

Ich darff mir wol selbst thun den todt,

Daß ich nur der marter abkömb,

Mein schand und schad auff erd end nömb,

Weyl ich verrhatn und verkaufft bin.

DIE MEYD *zucket der frawen das messer und spricht kecklich.*

Ey fraw, das schlagt auß ewrem sinn!

Ich wil ein guten rhat euch geben,

Daß ir errett ehr, gut und leben.

Bald sich der herr int stubn thut wenden,

Fallt im ins haar mit beyden henden,

Reist in bald zu der erd und sprecht:

Hab ich dich einmal außgespecht

Und ergriffen an warer that,

Das man mir offt gesaget hat!

All hurnwinckel thust du durchlauffen

Mit bulen, spieln, fressen und sauffen!

Secht, so müst ir euch ernstlich stellen,

Ihm solche schand alle zu-zelen,

So kombt ir darvon ungeschlagen,
Und muß der herr die saw heim-tragen.

DIE FRAW *spricht.*

Ich wil dir folgen, komb herfür.
Ietzt sperrens gleich auff die haußthür.

DIE KUPLERIN *geht vor und spricht.*

Ietzt komb wir. Ist die weyl euch lang?
Nun macht ewr lieb ein anefang!

Der jung mann gehet ein, sein weib platzt im ins haar, reist in nider und schreyt.

Du bub und ehrloser unflat,
Find ich dich ietzt an warer that,
Daß du in all hurnwinckel schleuffst,
Mit iltesbälgen frisst und seuffst!
Das ich doch wolt gelauben nie,
Biß ichs mit meinen augen sih!
Bin dir drumb so lang nach-geschritten,
Biß ich dich doch ietzt hab erritten,
Du unflat, auff eim faulen pferdt.
Du bist nit wirdig und nit werth,
Daß du hast ein fromb biderweib,
Die so fromb ehrbar an dir bleib.
Du unendtlicher loser mann,
Ich wil mein freunden zeigen an
Dein heimlich dückisch bulerey
Und andre böse stück darbey,
Die müssen dir dein golter lausen

Und dich, du bößwicht, wol erzausen.

Denn must haben den spot zum schaden.

DER MANN *hebt beyde hend auff und spricht.*

Ach, liebes weib, thu mich begnaden,

Ich wils mein lebtag nit mehr than,

Hab heut auch erst gefangen an.

Mich hat begauckelt wol der teuffel!

Die alt kuplerin hat die feuffel,

Die redt mir so süß zu den sachen,

Sie möcht ein münchen tantzent machen,

Die hat mich bracht in dise angst.

Es ist schad, daß man sie nit langst

Ertrencket hat in einem sack;

Sie hat ein buckel auff dem nack,

Der teufl ihr auß den augen sicht,

Die hat das spiel alls zugericht,

Die alte berentreiberin.

Wo hat sie ietzt der teuffel hin?

Hett ichs, ich strich ir an sanct Velten.

O, laß mich solches nicht entgelten!

Mein frombs weib, da bit ich dich umb.

DIE FRAW *spricht.*

Du hast dich allmal gstellt so frumb,

Ietzundt sicht man die frümbkeit dein.

IHR MEYD *spricht.*

Ach liebe fraw, last es gut sein

Und nembt in zu genaden an,

Dieweyl er es wil nit mehr than;
Er wird sich drumb mit euch vertragen.

DER JUNG MANN *spricht.*
Ja, ich wil dir bey eyd zu-sagen:
Ich wil dir kauffn ein schamblotschauben,
Ein sammaten goller, ein ertzene hauben,
Und laß alle ding sein verricht!

DIE MEYD *spricht.*
Dieweyl er sich deß alls verspricht,
(Nimmer than, ist die beste buß!
Darzu er euch auch kauffen muß,
Was er euch hie versprochen hat,)
Darumb vergebt, das ist mein rhat,
Weyl noch nichts ubels ist geschehen.

SEIN FRAW *bewt ihm die hand und spricht.*
Nun, ich wil dir das ubersehen;
Findt ich dich mehr an solchem ort,
So wil ich machen wenig wort
Und baß zeichnen, sammer potz leiden!
Und der bübin die nasn abschneiden;
Dasselb solt du gewißlich haben.

DER MANN *spricht.*
Nun, so wil ich voranhin traben.
Kombt mir die alt, die mich her-beten
Hat, so wil ichs mit füssen treten.
Kombt bald hernach und kocht zu essen;
Mich hat hunger und kummer bsessen.

Er geht ab.

DIE FRAW *spricht.*

> Wie bin ich gstanden in eim last!
> O mein liebe Margreth, wo hast
> Nur disen guten rhat genommen,
> Darmit du mir zu hilff bist kommen,
> Daß ich hab uberdölpelt ihn?

DIE MEYD *spricht.*

> Zwey jarlang ich gewesen bin
> Auff eim schloß bey einr edlen frawen.
> O, die thet gar in schalcksberg hawen,
> Da hört und sah ich gschwinde list,
> Darmit sie frey zu aller frist
> Den junckherrn macht zu einem kind
> Und mit gsehenden augen blind,
> Darmit sie allzeit blieb bey ehrn.
> Da thet ich vil der grifflein lehrn,
> Der ich euch ietzt hab eins gelehrt.

DIE FRAW *beschleust.*

> Dir sols nit bleiben unverehrt,
> Wil dir mein rote schauben schencken;
> Und thu der sach nit mehr gedencken,
> Daß es verschwiegen bleib allein!
> Das sol mir nun ein witzung sein,
> Weyl ich bin ohn schand und ohn schad
> Entrunnen auß disem schweißbad.
> Mir sol fürbaß kein kuplerin

Also bethören hertz und sinn,

Daß ich forthin in solchem stück

Mein ehr wöl setzen auff das glück,

Daß mir kein unrhat drauß erwachß

An meinen ehren, spricht Hans Sachs.